TABLEAUX

ÉTUDES ET DESSINS

PAR

ADRIEN SCHULZ

Vente du 9 Mai 1887

CATALOGUE

DES

TABLEAUX

PAR

Adrien SCHULZ

ÉTUDES, DESSINS, GRAVURES, EAUX-FORTES, etc.

Garnissant son atelier

DONT LA VENTE AURA LIEU PAR SUITE DE DÉPART

HOTEL DROUOT, SALLE N° 4

Le Lundi 9 Mai 1887

A DEUX HEURES ET DEMIE

Mᵉ H. OUDARD	M. H. BODIN
Commissaire-Priseur	EXPERT
18, rue des Pyramides	**112, rue d'Aboukir, 112**

Chez lesquels on délivrera le catalogue

EXPOSITION PUBLIQUE

Le dimanche 8 Mai 1887, de 1 h. à 5 h.

PARIS 1887

CONDITIONS DE LA VENTE

Elle sera faite au comptant.

Les acquéreurs paieront **cinq pour cent** en sus des enchères, applicables aux frais.

DÉSIGNATION

1. MATIN DE PRINTEMPS, BORDS DU LOING.

    H. 56. L. 35.

2. SOIR D'AUTOMNE. BORDS DU LOING.

    H. 56. L. 35.

3. TEMPS DE NEIGE, DÉCEMBRE, PRÈS MONTIGNY.

    H. 56. L. 35.

4. PRINTEMPS. PRUNIERS ET PÊCHERS EN FLEURS.

    H. 56. L. 35.

5. LE DOMAINE DU PUY, PRÈS VICQ-SUR-NAHON (INDRE).

    H. 56. L. 35.

6. UN SENTIER AU LONG-ROCHER, FORÊT DE FON-TAINEBLEAU.

    H. 56. L. 35.

7. UN BRAS DE L'EURE, PRÈS LOUVIERS.

    H. 55. L. 38.

8. Dans la prairie, a Montigny.

H. 46. L. 32.

9. Chemin d'une carrière aux Roches-Marion, soleil couchant en décembre.

H. 46. L. 32.

10. Le moulin du vieux Gien (Loiret).

H. 24. L. 35.

11. Bords du Loing, été.

H. 24. L. 35.

12. A la Génevraye, (Seine-et-Marne).

H. 27. L. 41.

13. Un chemin dans les champs, a Montigny-sur-Loing.

H. 27. L. 41.

14. Un bouquet d'arbres, bords du Loing.

H. 27. L. 41.

15. Le village de Saint-Thomas (Marne).

H. 27. L. 41.

16. Dans les prés a Montigny, matin de septembre.

H. 27. L. 41.

17. Hutte de bucherons, forêt de Fontainebleau.

H. 27. L. 31.

18. Une petite ferme au vieux Gien (Loiret).
>   H. 27. L. 41.

19. Bords de la Seine, près l'Isle-du-Croissy.
>   H. 27. L. 41.

20. Aout. Dans les champs près Gretz (Seine-et-Marne).
>   H. 27. L. 41.

21. Après la neige, soleil levant. Chemin de Montigny a Gretz.
>   H. 60. L. 92.

22. Soleil couché. Mare aux Fées, forêt de Fontainebleau.
>   H. 60. L. 92.

23. Lever de lune. Prairies de la Moustière, près Valençay (Indre).
>   H. 60. L. 92.

24. L'église de Montigny-sur-Loing (Seine-et-Marne).
>   H. 92. L. 65.

25. Le ravin du petit village Money (Indre). Esquisse du Salon de 1885.
>   H. 49. L. 65.

26. Au printemps. Les dernières maisons de Montigny.
>   H. 49. L. 65.

27 SOLEIL COUCHANT EN NOVEMBRE. DANS LES CHAMPS ET PRAIRIES DE MONTIGNY. Esquisse du Salon de 1885.

H. 49. L. 65.

28. UN CHEMIN DANS LES CHAMPS, PRÈS MONTIGNY, AU PRINTEMPS.

H. 32. L. 61.

29. EN JUIN. DANS LES CHAMPS PRÈS SORQUES (SEINE-ET-MARNE).

H. 33. L. 61.

30. UN TOURNANT DU LOING.

H. 33. L. 61.

31. DANS LA GORGE AUX LOUPS (FORÊT DE FONTAI-NEBLEAU).

H. 61. L. 46.

32. AU MOULIN DE CHARENTON (SEINE) EN SEPTEM-BRE.

H. 46 L. 61.

33. UNE RUE DU PETIT VILLAGE DES ROSES (NIÈVRE).

H. 27. L. 41.

34. ENTRÉE DE LA FERME DE LA MOUSTIÈRE (INDRE).

H. 27. L. 41.

35. COUR DE FERME (BERRY).

H. 27. L. 41.

36. ENVIRONS DE GIEN (LOIRET).

Bois. H. 17. L. 27.

37. SOLEIL COUCHANT, TEMPS DE NEIGE AU LONG-
    ROCHER.

> Bois. H. 17. L. 27.

38. SOUS BOIS A SÈVRES.

> Bois. H. 27. L. 17.

39. SOUS BOIS PRÈS MONTIGNY.

> Toile. H. 27. L. 17.

40. PAYSAGE PRÈS MONTIGNY.

> Bois. H. 27. L. 17.

41. BORDS DE LA MARNE PRÈS CHAMPIGNY.

> Bois. H. 27. L. 17.

42. LA SEINE A BILLANCOUT.

> Bois. H. 17. L. 27.

43. UN MOULIN PRÈS DE GIEN.

> Bois. H. 17. L. 27.

44. LE RUISSEAU DES ROSES (NIÈVRE).

> Toile. H. 17. L. 27.

45. LA CHAUMIÈRE DE LA MÈRE PÉRIN AUX ROSES
    (NIÈVRE).

> Toile. H. 17. L. 27.

46. BORDS DE LA MARNE PRÈS CHAMPIGNY.

> Toile. H. 27. L. 17.

47. PRÈS JOINVILLE-LE-PONT (SEINE).

> Toile. H. 27. ... 17.

48. SOIR DE NOVEMBRE. CHEMIN DE MONTIGNY A GRETZ (SEINE-ET-MARNE). Salon de 1885.

H. 1m65. L. 2m30.

49. LA FERME DU PUYS, PRÈS VICQ-SUR-NAHON (INDRE).

H. 65. L. 92.

50. ENTRÉE DE MONTIGNY-SUR-LOING, DU COTÉ DE LA FORÊT DE FONTAINEBLEAU.

H. 38. L. 55.

51. RUINES DU CHATEAU DE VEUIL (INDRE).

H. 49. L. 65.

52. COUR DE FERME DE LA MOUSTIÈRE (INDRE).

H. 49. L. 65.

53. AU PRINTEMPS. A LA GENEVRAYE (SEINE-ET-MARNE).

H. 49. L. 65.

54. UN MATIN AU VIEUX MOULIN D'ANDÉ (EURE).

H. 61. L. 46.

55. LA FONTAINE DES SECRETS, PRÈS MONTIGNY.

H. 61. L. 46.

56. BORDS DU CHER, PRÈS SELLES-SUR-CHER (INDRE).

H. 61. L. 46.

57. LES ROCHES MARION AU PRINTEMPS, FORÊT DE FONTAINEBLEAU.

H. 44. L. 70.

58. LE LONG-ROCHER, FIN SEPTEMBRE, FORÊT DE FONTAINEBLEAU.

H. 44. L. 70.

59. LA PRAIRIE DE LA TRENTAINE, A MONTIGNY-SUR-LOING.

H. 44. L. 70.

60. LE HAUT DE MONTIGNY, AU PRINTEMPS.

H. 40. L. 65.

61. FIN D'ÉTÉ. BORDS DU LOING A MONTIGNY.

H. 41. L. 27.

62. SOIRÉE DE SEPTEMBRE DANS LA PRAIRIE, A MONTIGNY.

H. 41. L. 27.

63. JUIN. SOUVENIR DE FRANCHARD, FORÊT DE FONTAINEBLEAU.

H. 27. L. 41.

64. OCTOBRE. PLATEAU DE LA MARE AUX FÉES, FORÊT DE FONTAINEBLEAU.

H. 27. L. 41.

65. DANS LES PRÉS, A MONTIGNY.

H. 40. L. 65.

66. JUILLET. CAMPAGNE DE MONTIGNY.

H. 33. L. 61.

67. DANS LA PRAIRIE, A MONTIGNY.

H. 33. L. 61.

68. RENTRÉE DU TROUPEAU (NIÈVRE).

H. 38. L. 55.

69. VALLÉE DU LONG-ROCHER, FORÊT DE FONTAI-
NEBLEAU.

70. MATINÉE D'AOUT AU VIEUX GIEN (LOIRET).

H. 23. L. 41.

71. UNE COUR DE FERME, PRÈS GIEN.

H. 41. L. 32.

72. UNE COUR DU GRAND-VILLAGE (INDRE).

H. 56. L. 45.

73. MARE AU SOLEIL COUCHANT, FORÊT DE FONTAI-
NEBLEAU.

H. 40. L. 65.

74. LA COUR DE LA MÈRE TATON, A MONTIGNY.

H. 65. L. 49.

75. UNE FERME, A MONTIGNY.

H. 34. L. 70.

76. UNE VIEILLE FERME, PRÈS GIEN.

H. 65. L. 81.

FUSAINS

77. AUX ROCHES MARION, FORÊT DE FONNAINE-
BLEAU.

FORME RONDE. 25 SUR 25.

78. BORDS DE L'EURE, PRÈS ACQUIGNY.

FORME RONDE. 25 SUR 25.

79. ETANG, PRÈS DE GIEN (LOIRET).

       ROND. 23 SUR 23.

80. PAYSAGE, PRÈS GIEN (LOIRET)

       ROND. 23 SUR 23.

81. LA RENTRÉE DES FOINS (BERRY).

       H. 21. L. 32.

82. LES HÉRONS, BORDS DU LOING, ÉTÉ.

       H. 46. L. 29.

83. LE BATEAU DE LA TOUR, HIVER, BORDS DU LOING.

       H. 46. L. 29.

84. UN MOULIN PRÈS CHEVREUSE, D'APRÈS M. DAR-
DOIZE.

       H. 45. L. 32.

85. RUE DE HAMEAU, PRÈS CHEVREUSE, D'APRÈS
M. DARDOIZE.

       H. 45. L. 32.

86. LE PETIT ÉTANG DES ROSES (NIÈVRE).

       H. 45. L. 24.

87. SOIR DE NOVEMBRE PRÈS VIENNE-LE-CHATEAU
(MARNE).

       H. 55. L. 40.

88. LA MARNE PRÈS JOINVILLE-LE-PONT.

       H. 12. L. 16.

89. UN RUISSEAU (MARNE).

       H. 12. L. 16.

90. PRÈS JOINVILLE-LE-PONT.

       H. 12. L. 16.

91. PRÈS MONTIGNY-SUR-LOING.

H. 12. L. 16.

92. AU MOULIN DE CHARENTON.

H. 12. L. 16.

93. UNE PRAIRIE (NIÈVRE).

H. 12. L. 16.

94. BORDS DU LOING, PLAQUE FAIENCE GRAND FEU.

H. 37. L. 18.

95. UN PETIT ÉTANG (NIÈVRE), PLAQUE FAIENCE GRAND FEU.

96. HUIT PAYSAGES AU FUSAIN, PAR M. BELLION. SERA DIVISÉ.

97. TROIS DESSINS AU FUSAIN, PAR COIGNARD. SERA DIVISÉ.

ÉTUDES, DESSINS, GRAVURES

98. ENVIRON CENT ÉTUDES, LA PLUPART NON ENCADRÉES. SERA DIVISÉ.

99. SEPT CARTONS DE DESSINS, GRAVURES, EAUX-FORTES, CROQUIS, PHOTOGRAPHIES. SERA DIVISÉ.

595-87. — Imp. des App.-Orph. — ROUSSEL, 40, rue La Fontaine.